日本一短い

父への手紙、父からの手紙

〈増補改訂版〉

本書は、平成十八年度の第四回「新一筆啓上賞―日本一小さな物語　『父』との往復書簡」（福井県坂井市丸岡町・財団法人丸岡町文化振興事業団主催、日本郵政公社・文化庁後援、住友グループ広報委員会特別後援）の入賞作品を中心にまとめたものである。

同賞には、平成十八年六月一日～九月十五日の期間内に一万七三八六通の応募があった。平成十九年一月二十二日に最終選考が行われ、大賞五篇、秀作一〇篇、住友賞二〇篇、メッセージ賞一〇篇、丸岡青年会議所賞五篇、佳作一〇〇篇が選ばれた。同賞の選考委員は、小室等、佐々木幹郎、中山千夏、西ゆうじ、井場満の諸氏であった。本書に掲載した年齢・職業・都道府県名は応募時のものである。

※手紙の解説文は一部を削除した。

目次

入賞作品

大賞
秀作
住友賞
メッセージ賞
丸岡青年会議所賞

「お父さんへ」

父親《ちちおや》ってなに？

「息子へ」

オマエの見本《みほん》ぢゃ！

大賞

［日本郵政公社総裁賞］

岩本 純弥

福井県 16歳 高校1年

「お父さんへ」

お父《とう》さん、ちゃんとおふろに入《はい》んねや。

それは、カラスのぎょう水《ずい》って言《い》うんやざぁ。

「侑希子へ」

アホやなぁ。

これは省《しょう》エネ対策《たいさく》って言《い》ってな、

地球《ちきゅう》にやさしい風呂《ふろ》の入《はい》り方《かた》なんやぞ。

大賞

［日本郵政公社総裁賞］

北 侑希子

福井県　9歳　小学校3年

「父へ」

親《おや》になった瞬間《しゅんかん》、
どうでしたか。

「娘へ」

よおわからんけど、
真《ま》っ白《しろ》やったなあ。

大賞
［日本郵政公社総裁賞］
酒田 恵美子
兵庫県 18歳 短期大学1年

「父さんへ」

父《とう》さんは、
何歳《なんさい》から薄《うす》くなった?

「息子へ」

人生《じんせい》、引《ひ》き際《ぎわ》が肝心《かんじん》や。
生《は》え際《ぎわ》やない。

大賞
[日本郵政公社総裁賞]
津田 裕
東京都 33歳 会社員

「お父さんへ」

俺《おれ》のテストの成績《せいせき》が悪《わる》いのは、
遺伝《いでん》やと思《おも》てるんやけど。

「息子へ」

失礼《しつれい》な奴《やつ》やな。後《あと》で二階《にかい》へ来《こ》い。
お母《かあ》さんの成績表《せいせきひょう》見《み》せたる。

息子のつぶやきと父親の興奮が相反していて、笑えました。（母）

大賞
［日本郵政公社総裁賞］
吉田 翔悟
福井県 13歳 中学校2年

「娘より」

会《あ》っても　電話《でんわ》しても

「母《かあ》さぁ～ん」って照《て》れて逃《に》げるから

手紙《てがみ》で伝《つた》えます「ありがとう」

「父より」

「母《かあ》さぁ～ん。返事《へんじ》ば出《だ》しとって」

秀作

［日本郵政公社北陸支社長賞］

春日　優子

栃木県　32歳　主婦

「父へ」

ごめん、お父《とう》さん。
一緒《いっしょ》に身長《しんちょう》測《はか》ったとき、
俺《おれ》背《せ》のびしてたんだ。

「息子へ」

そうだったのか。
実《じつ》は父《とう》さんもしてたんだ。

身長が追いつきそうな私に、父が親としてのプライドから、軽く背のびをしていた。

秀作
［日本郵政公社北陸支社長賞］
金森 邦彦
熊本県 14歳 中学校3年

「お父やんへ」

なにを決《き》めるのも適当《てきとう》。いつも適当《てきとう》。

私《わたし》が決《き》めたことには反対《はんたい》しない。

本当《ほんとう》に適当《てきとう》。

「勝重へ」

まぁ、頑張《がんば》ってくれや。

「これいいんじゃない?」というたびに「じゃーそれにすればいい」

と適当に、簡単に物事を決めてしまう父。

秀作

［日本郵政公社北陸支社長賞］

久津見 勝重

福井県 20歳 大学2年

「父へ」

父《とう》さん、タバコ止《や》めて下《くだ》さい。

インコが父《とう》さんが咳込《せきこ》むのをマネするんです。


「娘へ」

インコが咳込《せきこ》むと皆《みな》が笑《わら》う。

マネしてインコも笑《わら》う。

それで又《また》爆笑《ばくしょう》だ。そんなところだ。

一日、缶ピース60本を吸う父の咳込みは強烈で不快でしたが
インコはコピーがうまく救いでした。

秀作
［日本郵政公社北陸支社長賞］
高木 秀子
北海道 58歳

「父へ」

あなたを慕《した》う母《はは》を見《み》るたび感動《かんどう》を覚《おぼ》えます。
娘《むすめ》として最後《さいご》まであなたを支《ささ》えます。

「娘へ」

でもね、時々《ときどき》まだ
「実家《じっか》へ帰《かえ》らせていただきます。」
なんて言《い》うんだ。おかしいだろ？

秀作
［日本郵政公社北陸支社長賞］
田所 雅子
静岡県 52歳 主婦

「娘より父へ」

あの　お母《かあ》さんで　良《よ》く我慢《がまん》出来《でき》たわね

「父より娘へ」

お前《まえ》より　ましかも

秀作

［日本郵政公社北陸支社長賞］

中出 成之

福井県　69歳

「翔大へ」

「ただいまー」「ただいまー」「ただいまー」
何回言《なんかいい》っても返事無《へんじな》し。

「父へ」

しつこいなあ。
いいかげん気《き》づいてくれよ
俺《おれ》、今反抗期中《いまはんこうきちゅう》!!

秀作
〔日本郵政公社北陸支社長賞〕
平井 翔大
神奈川県　13歳　中学校2年

「父へ」
俺《おれ》、父《とう》さんみたいな人《ひと》には絶対《ぜったい》ならねぇ。

「息子へ」
俺《おれ》もガキの頃《ころ》そう思《おも》ってた。

どんなに足掻いても遺伝にはかなわないのだろうか…。

秀作
［日本郵政公社北陸支社長賞］
松尾 大輝
東京都 15歳 高校1年

「私からお父さんへ」

昨夜《さくや》遅《おそ》くまで、
私《わたし》のために数学《すうがく》を解《と》いてくれてありがとう。
大変《たいへん》だったでしょ。

「お父さんから私へ」

数学《すうがく》の問題《もんだい》を解《と》く事《こと》なんか、
お母《かあ》さんと仲直《なかなお》りするのと比《くら》べれば
楽《らく》な事《こと》だよ。

お母さんとお父さんのケンカは、仲直りがいつも大変です。
お母さんは決して折れないのでお父さんはいつも仲直りに苦労します。

秀作
［日本郵政公社北陸文社長賞］
松成 夏美
神奈川県 15歳 中学校3年

「子から父へ」

どうしたら九十三《きゅうじゅうさん》まで長生《ながい》き出来《でき》るか、
秘訣《ひけつ》を教《おし》えてくれませんか？

「父から子へ」

良《よ》く食《た》べて、良《よ》く寝《ね》ること。
もっと大事《だいじ》なことは、
子供《こども》と同居《どうきょ》しないこと！

今年九十三歳になる妻の父は、元気に一人暮しを続けています。
その秘訣は、どうやらこういうことらしいのです。恐れ入りました。

秀作
［日本郵政公社北陸支社長賞］
八木 実
埼玉県

「倅へ」

倅《せがれ》、初孫《はつまご》のなめえ付《つ》けたぞ。
『諭吉《ゆきち》』だ。故郷《ふるさと》の偉人《いじん》、福沢諭吉《ふくざわゆきち》の諭吉《ゆきち》だ。
どうだ！

「親父へ」

親父《おやじ》、ありがてえけどよ。
『諭吉《ゆきち》』は、余《あま》りに重過《おもす》ぎる。
半分《はんぶん》にして、『諭《さとし》』でどうだ。

なめえ↓なまえの意

住友賞
赤松 菊夫
福岡県 62歳

「『負け犬』娘へ」

一筆啓上《いっぴつけいじょう》　娘様《むすめさま》

もう、誰《だれ》でもいいから、結婚《けっこん》して下《くだ》さい。

父《ちち》より

「父へ」

返信《へんしん》　お父様《とうさま》

本当《ほんとう》に、誰《だれ》でもいいのですか。

娘《むすめ》

住友賞

石田 真理

東京都　31歳　会社員

「父へ」

お父《とう》さんはいつも黙《だま》ってるね。

「娘へ」

お前《まえ》がいつもしゃべってるからな。

住友賞
岡村 真子
京都府 13歳 中学校2年

「お父さんへ」
一緒《いっしょ》にバージンロード歩《ある》いてくれてありがとう。
骨折《こっせつ》してる足《あし》の指痛《ゆびいた》かったやろ。

「娘へ」
他《ほか》の所《ところ》が
もっともっと痛《いた》かったわ！

住友賞
梶間 望
三重県 30歳 公務員

「息子へ」

仕事《しごと》は辛《つら》いだろ。
俺《おれ》の苦労《くろう》が解《わか》ったか。

「父へ」

父《とう》さんより、
母《かあ》さんの苦労《くろう》が解《わか》ったよ。

住友賞
後藤 順
岐阜県 53歳

「息子へ」
超《こ》えたか。

「父へ」
まだまだ。

住友賞
佐藤 洋一
長野県 43歳 高校教諭

「父へ」

弟《おとうと》が今《いま》反抗期《はんこうき》中《ちゅう》で大変《たいへん》だね。

「息子へ」

え？　お前《まえ》もじゃないの？

住友賞

瑞慶覧 長友

熊本県　16歳　高校1年

「父へ」

あなたのコピーとして生《せい》をうけ、
モテた試《ため》しがありません。

「娘へ」

それこそ父《ちち》の戦略《せんりやく》さ。

住友賞

瀬古 みさき

三重県 26歳 公務員

「父へ」

この362敗《はい》2分《わ》けって何《なに》？
だんだん増《ふ》えてきてるけど…。

「息子へ」

お前《まえ》のお母《かあ》さんは強《つよ》い。

無敗の帝王、母。

住友賞
田守 皓太
岐阜県 高校生

「パパへ」

いつもプロレスの技《わざ》かけてくるパパだけど、

いつまでやってくんのさ。私《わたし》、中《ちゅう》1だよ♡

「なっちへ」

まごが出来《でき》るまで、

お前《まえ》が相手《あいて》だぁー。

住友賞

釣部 菜摘

福井県 13歳 中学校1年

「お父さんへ」

今《いま》はダイエット中《ちゅう》なのです。
キレイになって
素敵《すてき》な人《ひと》にめぐり会《あ》いたいんだもん。

「美絵ちゃんへ」

ご飯《はん》をうまそうに食《た》べる
お前《まえ》の顔《かお》が一番《いちばん》なのに
それを知《し》らん男《おとこ》にはお前《まえ》をやる気《き》はない。

住友賞
中村 美絵
沖縄県 30歳 会社員

「父へ」

昔《むかし》は白髪《しらが》を抜《ぬ》くと
喜《よろ》こんでくれたのに、
今《いま》は怒《おこ》るんですね。

「娘へ」

どうか、父《とう》さんの頭《あたま》を
そっとしておいて下《くだ》さい。
白髪《しらが》すら貴重《きちょう》なんだよ。

住友賞
西谷 未来
埼玉県 17歳 高校3年

「娘へ」

母《かあ》さんと見合《みあい》した時《とき》、
「パパ」と呼《よ》ぶお前《まえ》の声《こえ》が聞《き》こえたから、
結婚《けっこん》を決《き》めたんだ。

「父へ」

私《わたし》、お父《とう》さんのこと、
「パパ」って、呼《よ》んだことないよ。

「なんで母さんと結婚したの？」と聞かれて、そう答えた夫ですが、
すぐにうそがばれました。

住友賞
新田 優子
石川県 50歳 会社員

「お父さんへ」

お父《とう》さんに会《あ》えなくて寂《さび》しいよ。
冬休《ふゆやす》みには東京《とうきょう》まで会《あ》いに行《い》くからね。

「娘へ」

娘《むすめ》よ、君《きみ》が本当《ほんとう》に会《あ》いたいのは
父《ちち》ではなくて、
ミッキーマウスじゃあないのかい?

住友賞
林田 沙織
熊本県 16歳 高校1年

「父へ」
あかんかったわ。

「娘へ」
ほりゃほうじゃわ。

テストが返ってきた時、父に勉強不足と言われるより、きつかった言葉。
でも次から頑張ろうと思った。

住友賞
平野 沙里
徳島県 13歳 中学校2年

「お父ちゃんへ」

お誕生日《たんじょうび》おめでとう。
ネクタイとゆでたまごを贈《おく》ります。
本物《ほんもの》はもう少《すこ》し待《ま》っていてね。

「朋子へ」

よい夫婦《ふうふ》（二麸《にふ》）妊婦《にんぷ》（二麸《にふ》）
産婦《さんぷ》（三麸《さんふ》）になって下《くだ》さい。
七《なな》つの麸《ふ》を送《おく》ります。

十五年前、結婚してすぐの父の誕生日に、軽いジョークのつもりで本当にゆでたまごを送りました。そうしたら父もジョークで返してくれました。

住友賞
星 朋子
福島県 44歳

「父から娘へ」

「ほら、着《つ》いたぞ。玄関横《げんかんよこ》づけだ。」

「娘から父へ」

「だって私《わたし》は、パパの令嬢《れいじょう》じゃん。」

住友賞
谷田部 真衣美
茨城県 22歳
盲学校高等部1年

「お父さんへ」

お父《とう》さんとのけんかで
お母《かあ》さん泣《な》かせてもたよ。

「娘へ」

一緒《いっしょ》に謝《あや》まろうか。

住友賞
山崎 夏代
福井県 14歳 中学校2年

「父へ」
前略《ぜんりゃく》。野菜《やさい》届《とど》きました。
それと子供《こども》にはいつも
こづかいを送《おく》ってもらって……。

「子へ」
……追伸《ついしん》。
お礼《れい》は電話《でんわ》でたのむ。

父が毎月のように野菜を送ってくれるのは、孫の声を聞きたいから。

住友賞
依田 宏昭
大阪府 会社員

「父へ」

父上《ちちうえ》と正反対《せいはんたい》の彼氏《かれし》をゲットしました。

「娘へ」

そのせりふ、

20年後《ねんご》に聞《き》かせてもらおうじゃないか。

まもなく結婚する娘は、いつも私たち親を痛烈に批判します。
きっと、反面教師なのでしょう。父娘のやりとりを、私が代筆しました。

住友賞
渡辺 光子
岡山県 54歳 公務員

「娘より父へ」

何《なん》でも望《のぞ》みを叶《かな》えてくれる
「ドラえもんのポケット」
みたいなお父《とう》さんが大好《だいす》き！

「父より娘へ」

まかせておけ！
俺《おれ》は死《し》ぬまで「父《ちち》えもん」

メッセージ賞
有川　ゆう子
大阪府　51歳　主婦

「娘・牧子へ」
音《おと》のあう人《ひと》と一緒《いっしょ》になれな〜。
隣《となり》にいてなんとなく
あったかさが伝《つた》わって2人《ふたり》の音《おと》になる。

「父さんへ」
6年《ねん》考《かんが》えて答《こた》えがわかりつつあります。
もうすぐ父《とう》さんに
紹介《しょうかい》しようと思《おも》っています。

父が病室で私に最後に話した言葉です。
今、少しずつ言葉の意味がわかりつつあり、結婚というものを意識しています。

メッセージ賞
石川 牧子
秋田県 27歳 公務員

「長男から私へ」

お父《とう》さんが入院《にゅういん》してから、
朝《あさ》の新聞配達《しんぶんはいたつ》は病院前《びょういんまえ》を通《とお》っています。
病室《びょうしつ》を見上《みあ》げながら。

「私から長男へ」

朝《あさ》が楽《たの》しみになった。
六階《ろっかい》の窓《まど》から、双眼鏡《そうがんきょう》で見《み》ている。
お前《まえ》の元気《げんき》をもらっている。

二十五年前、家近くの病院へ病気で入院したとき、
新聞配達をしていた長男（十五才）から来た手紙です。

メッセージ賞
岡本 邦夫
石川県 70歳

「父へ」

仕事《しごと》から帰《かえ》ってきた時《とき》に言《い》う「ただいま」は、
一回《いっかい》で大丈夫《だいじょうぶ》だよ。聞《き》こえてるから。

「娘へ」

一回《いっかい》で「おかえり」と言《い》ってくれよ。
言《い》ってくれないとさみしいんだよ。

父は仕事から帰ってくると家の人が「おかえり」と言うまで何度も「ただいま」と言う。

メッセージ賞
小関 理恵子
埼玉県 16歳 高校1年

「親父へ」

親父《おやじ》、行《い》ってもいいか？　しんどくてよぉ。
女房《にょうぼう》、子供《こども》が泣《な》くからこらえてはいるけど。

「息子へ」

泣《な》け。くすぶれ。うなだれろ。
ずっとそれでもいい。
ただし、俺《おれ》は迎《むか》えには行《い》かん。

メッセージ賞
狩野 彰一
神奈川県　57歳　介護職

「おとうさんへ」

おしごとでつかれているのに、
いつも、いっしょに
おふろにはいってくれて、ありがとう

「菜月へ」

菜月《なつき》は、元気《げんき》の出《で》る入浴剤《にゅうよくざい》だよ

主人が早く帰って来る日は〝一番風呂〟と言いながら一緒に入り、とてもうれしそうで大声で楽しそうに話してなかなか出てきません。

メッセージ賞
種田 菜月
福井県 8歳 小学校2年

「娘へ」

今日《きょう》はちょっとうまいもの食《く》おうか。

「父へ」

じゃあ早《はや》く家《うち》に帰《かえ》ろ。

お母さんの料理が一番好きという娘の返事。

メッセージ賞

寺脇 翼

大阪府 15歳 高校1年

「亡父へ」

お父《とう》ちゃん
結婚《けっこん》してん、子《こ》も出来《でき》てん。

「娘へ」

見《み》てるがな。
空《そら》から　よーお見《み》てるがな。
ワシもとうとうジィジや、な。

父が生存中見せることができなかった花嫁姿と孫の顔（昨年41歳で出産）
亡父へのお詫びと感謝を込めて…。

メッセージ賞
中川 千景
兵庫県　42歳　ＯＬ

「おとうさんへ」

ねぇ、おとうさん、いっしょにあそぼ。
あとでっていわないで、ぼくとあそんで。

「さとみへ」

じゃあ、いまから、
ふたりだけで、さんぽにいこう。
にいちゃんたちには、ないしょで。

核家族で共働き家庭。四人兄弟の三男からお父さんへの手紙。

メッセージ賞
沼野　聖未
千葉県　6歳　保育園年長

「父へ」

お父《とう》さんが帰《かえ》ってきている時《とき》は、
食事《しょくじ》が豪華《ごうか》になるから、
いつも、家《いえ》にいてよ。

「息子へ」

でも、ずっと家《いえ》にいると
豪華《ごうか》じゃなくなると
思《おも》うんだけどなぁ〜

単身赴任5年目 外食がちな主人が帰るとついつい品数が増えます。
なぜか お客様扱いになります。

メッセージ賞
山岸 広夢
福井県 11歳 小学校5年

「父へ」

いつもすれ違《ちが》い。
何《なに》も感《かん》じない。

「息子へ」

いつもごめんね。
今《いま》はわからなくても、
いつかはわかってくれると思《おも》うから。

丸岡青年会議所賞
坂本 勇
福井県 小学生

「おとうさんへ」
ねぇ、ねぇ、おとうさんて、
社長《しゃちょう》？ 課長《かちょう》？ 係長《かかりちょう》？
それとも…平《ひら》？

「りほへ」
会社《かいしゃ》では、平《ひら》やけど、
家《いえ》では、家長《かちょう》やで！

丸岡青年会議所賞
清水 莉歩
福井県 9歳 小学校4年

「とうちゃんへ」

とうちゃん、
なんでオレばっかりおこるんや！

「郁樹へ」

おまえ、オレに似《に》すぎ!!

丸岡青年会議所賞
杉田 郁樹
福井県 9歳 小学校3年

「仕事帰りのお父さんへ」

おつかれさま。

「自分へ」

つかれてないよ。

丸岡青年会議所賞

柳原 万穂

福井県 13歳 中学校2年

「お父さんへ」

毎日《まいにち》なき虫《むし》でごめんね
でも、がんばってなき虫《むし》なおすからね。
大《だい》すきだよお父《とう》さん。

「まあやへ」

ここだけの話《はな》しだけど
子供《こども》の頃《ころ》はお父《とう》さんも泣《な》き虫《むし》だったんだ。
二人《ふたり》だけの秘密《ひみつ》だよ。

丸岡青年会議所賞
山口 真絢
福井県 7歳 小学校2年

父

佳作

「息子　雅敏へ」

元気《げんき》でやれ。

「父　皎三へ」

元気《げんき》でやる。

合田　雅敏

北海道　49歳　会社員

「息子へ」

「だれのことが、すきなの？」

「パパのことすき？。」「パパは、どうなの？。」

「パパへ」

「ママ。」「ママ。」

「ママだって!!。」

吉田 麻衣子
宮城県 30歳 パート

「初代の父へ」

六代目《ろくだいめ》として、もう押《お》しつぶされそうです。

「六代目の私へ」

肩《かた》の力《ちから》を抜《ぬ》け。あせるな。

欲《よく》を捨《す》てのんびり歩《ある》け。

三浦 勝雄
秋田県 52歳 農業

「父へ」
お父《とう》さんって強《つよ》いの？

「娘へ」
お前《まえ》の恋人《こいびと》を倒《たお》せるくらいにはな。

佐藤 真衣
山形県 17歳 高校3年

「父へ」

出《で》かけるぞ

「息子へ」

どこに？

萩生田 直也

山形県 18歳 高校3年

「父へ」

お父《とう》さん、般若心経《はんにゃしんきょう》の中《なか》にある

『空《くう》』の意味《いみ》がわからないので、教《おし》えて下《くだ》さい。

「娘へ」

何《なに》もないって事《こと》だろうけど、

それをわかって生《い》きている人《ひと》はいないから、

大丈夫《だいじょうぶ》。

小林 幸子

茨城県 41歳 主婦

「お父さんへ」

結婚式《けっこんしき》の「父《ちち》として不合格《ふごうかく》」の言葉《ことば》許《ゆる》してね。

「合格《ごうかく》」に、花《はな》マルつけてあげるから。

「美宝へ」

もう良《い》いよ。

「ちょいワルじじい」になってやる。

四の宮 美宝

栃木県 38歳 主婦

「父へ」

親父《おやじ》さんに一句《いっく》。

「遺言状《ゆいごんじょう》、開《ひら》いてみたら、何《なに》も無《な》し」

「息子へ」

息子《むすこ》に返信《へんしん》。

「金《かね》もなし　物《もの》もなけれど　愛《あい》がある」

斎田　昌男
群馬県　77歳

「弟へ」
は～ひ～ふ～

「父へ」
へ～ほ～

草場 愛
埼玉県 16歳 高校1年

「子へ」

出《で》かけるのか？
その格好《かっこう》は駄目《だめ》だろ。

「父へ」

ピチピチのＴシャツに短《たん》パンの人《ひと》に
言《い》われたくない。

小林 大祐
埼玉県 17歳 高校3年

「父さんへ」

父《とう》さん、俺《おれ》、絶対有名《ぜったいゆうめい》になって、
楽《らく》させてあげるからな！

「息子へ」

そうか　頑張《がんば》れよ。父《とう》さん　応援《おうえん》するぞ！
…ところで、何《なん》の仕事《しごと》で有名《ゆうめい》になるんだ？

長谷川 雅之
埼玉県　18歳　高校3年

「父へ」

不公平《ふこうへい》だと思《おも》います。

妹《いもうと》にも私《わたし》と同《おな》じくらいしつけしてください。


「娘へ」

おまえのころほど若《わか》くありません。

怒《おこ》るのも面倒臭《めんどうくさ》くなる年《とし》なのでね。

古川 優希
埼玉県 18歳 高校3年

「父から私へ」

……。

「私から父へ」

お父《とう》さん都合《つごう》が悪《わる》くなると黙《だま》るのやめて。

吉澤 知子
埼玉県 14歳 中学校3年

「淳子へ」

もう少《すこ》し萌《もえ》ちゃんの表情《ひょうじょう》を知《し》りたいな。
ホッペを突《つ》くと、ニッコリするとかさ。

「お父さんへ」

神妙《しんみょう》な顔《かお》は、ウンチ。
ご機嫌《きげん》は、口《くち》をホの字《じ》にする。
お腹一杯《なかいっぱい》は、酔《よ》っ払《ぱら》いの目《め》です。

坂本 正城
千葉県 62歳

「父へ」
白内障《はくないしょう》の手術成功《しゅじゅつせいこう》おめでとう。
これからは、母《かあ》さんを大切《たいせつ》にしてやりなよ。

「息子へ」
ああ、わかった。
ところで、母《かあ》さんの顔《かお》
いつからあんなに皺《しわ》が増《ふ》えたんだ。

鶴見 康幸
千葉県 44歳 団体職員

「父へ」
私《わたし》が色白《いろじろ》なのは、
お父《とう》さんが秋田出身《あきたしゅっしん》だからだね。

「娘へ」
おまえに秋田美人《あきたびじん》の血《ち》は、
ちょっとしか入《はい》ってないと思《おも》うけどな。

戸田 裕子
千葉県 21歳 大学3年

「父さんへ」

父《とう》さんが作《つく》ったおやきの味《あじ》、
四十九年《よんじゅうきゅうねん》も経《た》ってるのに覚《おぼ》えてるよ。
優《やさ》しい香《かお》りだもの。

「娘へ」

前《まえ》の晩《ばん》から小豆《あずき》を煮《に》てな、
体《からだ》の弱《よわ》い母《かあ》さんも小麦粉《こむぎこ》といで、
まあるくなあれと焼《や》いたさ。

能祖 奈津里
千葉県

「パパへ」

あれ？　パパ、タバコやめたの？

「智美へ」

休《きゅう》けいしてるだけ！

山田 智美
千葉県 12歳 中学校1年

「父へ」

私《わたし》が二十才《はたち》になったらお父《とう》さんのおごりで
高《たか》いお店《みせ》でお酒《さけ》を一緒《いっしょ》に飲《の》もうね。

「娘へ」

もちろん、喜《よろこ》んで。
でも、安《やす》い立《た》ち飲《の》み屋《や》じゃなきゃ行《い》かないよ。

貝桝 琴美
東京都 14歳 中学校2年

「父へ」

どうしておじいちゃんは
お父《とう》さんより小《ちい》さいの？

「幼いわが子へ」

それはね、
お父《とう》さんを大《おお》きくしたからだよ。

加藤 光二
東京都 72歳

「父へ」
では……。

「娘へ」
うン……。

五條 彰久
東京都 73歳

「私へ」
今日《きょう》、何時《なんじ》に帰《かえ》る？

「父へ」
二階《にかい》に居《い》るんだけど。

鈴木 伸二
東京都 15歳 中学校3年

「お父ちゃんへ」

筍《たけのこ》ありがとう！

足痛《あしいた》いのに、筍《たけのこ》の泥見《どろみ》て感謝《かんしゃ》と涙《なみだ》です。

智樹《ともき》の入学式《にゅうがくしき》のビデオ送《おく》ります。


「直美へ」

心配無用《しんぱいむよう》、筍《たけのこ》パワーで元気元気《げんきげんき》。

ビデオ映《うつ》らない。直《なお》す予定《よてい》なし。

早《はや》く連《つ》れて来《く》ること。

深澤 直樹
東京都 55歳 教員

「父さんへ」

醤油《しょうゆ》。

「息子へ」

醤油《しょうゆ》がなんだ？

松井 知明
東京都 15歳 高校1年

「お父さんから私へ」

毎日勉強《まいにちべんきょう》ばかりしてないで、
お父《とう》さんの肩《かた》を毎日《まいにち》もんで親孝行《おやこうこう》してくれよ。

「私からお父さんへ」

え？ ねぇ、勉強《べんきょう》して親孝行《おやこうこう》しようっていう
あたしの気持《きも》ち、分《わ》かって言《い》ってる？

村上 恵美子
東京都 14歳 中学校3年

「お父さんへ」

お父《とう》さん、白髪《しらが》多《おお》すぎだよ。

黒《くろ》に染《そ》めてー。


「むすめへ」

知《し》らないのか？

今白髪《いましらが》はチョイ悪《ワル》なんだよ。

どうだ、カッコいいだろ？

山下 亜純
東京都 14歳 中学校3年

「父へ」
父《とう》さん、なんで会社《かいしゃ》では
上司《じょうし》の人《ひと》と上手《じょうず》に話《はな》せるのに家《いえ》では静《しず》かなの？

「子へ」
それはね、
男《おとこ》ってのはむずかしいものなんだよ。

山野 貴宣
東京都 14歳 中学校2年

「とっとへ」

とっと、とっと。
とっと、だっこ。
とっと、とっと。
とっとあそぶ。

「ゆうきへ」

ゆうき、おいで。
だっこしよう。
ゆうき、おいで。
いっぱいあそぼう。

柏木 明子
神奈川県 34歳

「父へ」

結婚《けっこん》して三十五年《さんじゅうごねん》、
今《いま》でもお父《とう》さんのような包容力《ほうようりょく》のある人《ひと》が
理想《りそう》の男性《だんせい》です。

「娘へ」

婿殿《むこどの》にはかなわないけれど。
おまえこそ優《やさ》しさも美《うつく》しさも
お母《かあ》さんを超《こ》えたね。

白橋 美千子
神奈川県 58歳 主婦

「父へ」

父《とう》さん、テレビのリモコン、
壊《こわ》れてないじゃん。

「息子へ」

そうかっ。
それじゃぁ壊《こわ》れてるのは、俺《おれ》かぁ。

菅沼 浩一
神奈川県 50歳 自営業

「父さんより」
畑《はたけ》のとれたていもと玉《たま》ねぎ、おなす、送《おく》ったぞー。
これ食《た》べて、みぞかなればよかばい。

「娘より」
産地直送《さんちちょくそう》より、現地直送《げんちちょくそう》もいいじゃん！
父《とう》さんも横浜《よこはま》で一緒《いっしょ》に暮《く》らして、
野菜作《やさいつく》らない？

高田 久仁子
神奈川県 47歳 保育士

「息子から」

子《こ》どものころ父《とう》ちゃんには

よくあっちこっちへと旅行《りょこう》に連《つ》れて行《い》ってもらった。

「息子へ」

お前《まえ》が自慢《じまん》だったからさ。

それと、母《かあ》ちゃんが見張《みは》りにつけたんだよ。

山中 茂明

神奈川県 65歳 会社員

「お父さんへ」

私《わたし》とお出《で》かけしようよ。
働《はたら》いてばかりいると、
ペチャンコの父《とう》さんになってしまうよ。

「お父さんから茜へ」

茜《あかね》とお出《で》かけすると、
父《とう》さんの財布《さいふ》は　いつもペチャンコです。

中川 曙美
新潟県 66歳

「おとうさんへ」

言《い》いだしっぺの私《わたし》が一番《いちばん》行《い》ってません。
タロウの散歩《さんぽ》、これから毎朝《まいあさ》行《い》こうかな、父《とう》さん

「美咲へ」

美咲《みさき》のおかげで、タロウだけは父《とう》さんを
心待《こころま》ちにしてくれるようになったよ。

田中 美咲
石川県 11歳 小学校6年

「息子へ」

はるき、とうさんが出張《しゅっちょう》に行《い》くと、
なんで大《おお》きく育《そだ》たないと思《おも》うんだ？

「父へ」

だって、「子供《こども》は父《ちち》の背中《せなか》を見《み》て育《そだ》つ」って
言《い》うでしょ。背中《せなか》が見《み》えなくなっちゃう。

新田 優子
石川県 50歳 会社員

「父へ」

お父《とう》さんありがとう。

「息子へ」

いいえ、普通《ふつう》ですよ。

五十嵐 裕男
福井県 15歳 高校1年

「父へ」

結婚《けっこん》を許《ゆる》してくれて有難《ありがと》う。
お蔭《かげ》で二十年《にじゅうねん》になりました。
家族五人仲良《かぞくごにんなかよ》くやっています。

「息子へ」

いきなり連《つ》れて来《き》て、
風呂上《ふろあ》がりの裸《はだか》を見《み》られたら、
もう家族《かぞく》と認《みと》めるしかなかったよ。

大田　正人
福井県　48歳　会社員

「お父さんへ」

私《わたし》が結婚《けっこん》するまでには、
英語《えいご》が話《はな》せるようになっててね。

「娘へ」

やっぱり、
おまえは外人《がいじん》と結婚《けっこん》する気《き》なんだな…。

大塚 侑里加
福井県 17歳 高校3年

「父から息子へ」

息子《むすこ》よ、俺《おれ》の話《はなし》を聞《き》いてくれ。

「息子から父へ」

母《はは》の悪口《わるぐち》はもう聞《き》きあきた。

加藤 恭慈
福井県 15歳 高校1年

「父へ」

あんなに反対《はんたい》してた携帯《けいたい》。

最近《さいきん》は絵文字《えもじ》まで使《つか》うよね。

たまに文章《ぶんしょう》めちゃくちゃだけど…。

「千恵美へ」
知《し》らないだろう君《きみ》は
返信《へんしん》に20分《ぷん》もかかっている苦労《くろう》を…。

木山 千恵美
福井県 15歳 高校1年

「おとうさんへ」

なんでおとうさんのへんじは
いつもおならなんや。

「まひろへ」

よその家《いえ》でしたらこまるやろ。

窪田 真大
福井県 7歳 小学校1年

「父へ」

お父《とう》さん、たいちゃんは煙草《たばこ》やめたよ。

「娘へ」

俺《おれ》は人《ひと》の真似《まね》はしない主義《しゅぎ》だ！

斎藤 久美子
福井県 29歳 主婦

「子から父へ」

おとんへ、毎日毎日《まいにちまいにち》お酒《さけ》飲《の》まんといて。相手《あいて》するのが疲《つか》れます。

「父から子へ」

娘《むすめ》へ、好《す》きで飲《の》んでるんじゃない。酒《さけ》が飲《の》んでくれと言《い》ってるんだ。

鈴木 彩香
福井県 17歳 高校3年

「父へ」

いつもおいしい料理《りょうり》ありがとう。

「息子へ」

お母《かあ》さんが下手《へた》なだけや。

高田 一至
福井県 17歳 高校2年

「娘へ」

結婚《けっこん》するなら、かっこ悪《わる》くても、

お前《まえ》を一番《いちばん》に愛《あい》してる男《おとこ》しか許《ゆる》さんぞ!!

「お父さんへ」

それってお父《とう》さんのこと?

髙柳 里菜
福井県 16歳 高校2年

「父へ」

タバコも吸《す》わん、ギャンブルもしない、酒《さけ》もたしなむ程度《ていど》。何《なに》が楽《たの》しいの？

「息子へ」

お前《まえ》らの顔《かお》を見《み》るのが楽《たの》しいんや。

田村 紳悟
福井県 17歳 高校3年

「なおこへ」

直子《なおこ》は、お父《とう》さんのおなかの上《うえ》で眠《ねむ》るのが好《す》きだね。

「おとうさんへ」

だって、おふとんよりふかふかなんだもん。

都筑 直子

福井県 4歳 幼稚園年少

「お父さんへ」

いつも三姉妹《さんしまい》の会話《かいわ》を黙《だま》って聞《き》いているお父《とう》さん。
時々口元《ときどきくちもと》が笑《わら》っているの知《し》ってるよ。

「明里へ」

お前達《まえたち》の成長《せいちょう》を喜《よろこ》んでいるんだ。
それに、テレビ見《み》るよりおもしろいしな。

常廣 明里
福井県 12歳 中学校1年

「父へ」

お父《とう》さん、
私《わたし》お父《とう》さんみたいな人《ひと》と結婚《けっこん》します。

「娘へ」

昔《むかし》は「お父《とう》さんと結婚《けっこん》する」って
言《い》ってくれたのにな。

中澤 知子
福井県 14歳 中学校3年

「優花へ」

ゆうか　風呂《ふろ》入《はい》るよー。

「父へ」

わたし、あとから入《はい》るわ。

中野　優花
福井県　9歳　小学校4年

「パパへ」

お母《かあ》さんの携帯《けいたい》でお父《とう》さんに電話《でんわ》したら

「ハイ、マイハニー」と言《い》ってビックリ!!

「ゆみかへ」

ゆみかやったんかあ。。。

めっちゃ恥《はずかし》かったわァ。

西野 ゆみか
福井県 16歳 高校1年

「父へ」

ここ六年《ろくねん》ぐらいあなたを
「お父《とう》さん」と呼《よ》んでません。
何《なん》と呼《よ》べばいいでしょうか。

「子へ」

「親父《おやじ》」でいいんや。
お前《まえ》が育《そだ》った証拠《しょうこ》や。

橋本　昌和
福井県　高校3年

「父へ」

僕《ぼく》とは今《いま》はなれているけど、

また一緒《いっしょ》にくらせる事《こと》をねがっています、

四人《よにん》で食事《しょくじ》。

「むすこへ」

お父《とう》さんも一生懸命《いっしょうけんめい》働《はたら》いていくよ、

また四人《よにん》でくらしていけるように。

濱岸 佑輔
福井県 14歳 中学校2年

「父へ」

私《わたし》はお父《とう》さんの親父《おやじ》ギャグは大好《だいす》きだよ。
年《とし》とってもギャグ言《い》えるくらい余裕《よゆう》でいてね。

「娘へ」

いつも大《おお》きな笑《わら》いをありがとう。
晩《ばん》ごはんまでに、
受《う》けそうなやつを考《かんが》えておくからね。

林 萌美
福井県　15歳　中学校3年

「おとうさんへ」

こんどひがしやまぷうるへいこうね。
みてくれるだけでいいから。

「あおいへ」

了解《りょうかい》。そこはバリアフリーかい？
一緒《いっしょ》にプール入《はい》れないけど、
ずっとずっと見《み》ているよ。

平鍋　碧唯
福井県　6歳　小学校1年

「父へ」

「ありがとう」の一言《ひとこと》が
なかなか言《い》えんのやって…

「息子へ」

お父《とう》さんも、いっしょやった。
じいちゃんに。

松本 理尚
福井県 14歳 中学校3年

「おとうさんへ」

いちねんせいになって
たのしいこととうれしいことたくさんあるよ。
またおはなしするね。

「なぎさへ」

おはなしたくさんきかせてね。
おはなしをしているときの
えがおがだいすきだよ。

山口 和紗
福井県 小学校1年

「おとうさんへ」

あのな、おとうさん。
「たゆちゃんは、おとうさん似《に》やね。」
っていわれたけどどう思《おも》う?

「たゆかへ」

お父《とう》さんとお母《かあ》さんは似《に》ている夫婦《ふうふ》だ、
って言《い》われたよ。
「いいとこ取《ど》り」だあ!!

吉田 妙夏
福井県 8歳 小学校2年

「父へ」
アデランスのＣＭが出《で》ると、
咄嗟《とっさ》にリモコンを持《も》とうとするね。

「娘へ」
お父《とう》さんの年代《ねんだい》からにしか分《わ》からない
悩《なや》みがあるんだよ。

井上光
岐阜県　16歳　高校2年

「父へ」
最近《さいきん》、酒《さけ》に飲《の》まれているんじゃないのか。

「息子へ」
おまえがいなくなって、酒《さけ》が寄《よ》りつくんだ。

後藤 順
岐阜県 53歳

「お父さんへ」

59才《さい》おめでとう。

プレゼントは何《なに》が欲《ほ》しいですか?

「娘へ」

婿《むこ》。

君《きみ》の。

大石さつき

静岡県 32歳 会社員

「お父さんへ」

お父《とう》さん、いつもお小遣《こづか》いありがとう。
お財布《さいふ》からサッとお金《かね》を出《だ》す姿《すがた》は、格好良《かっこうい》いよ。

「諏訪部 開へ」

これからも任《まか》せなさい。
あれは、母《かあ》さんの財布《さいふ》だから。

諏訪部 開
静岡県 14歳 中学校3年

「父さんへ」

五日《いっか》も家《いえ》に帰《かえ》らずに、

最近《さいきん》父《とう》さんどこにいるんだ？

いいかげん帰《かえ》って来《き》なよ。

「息子へ」

毎日《まいにち》ちゃんと帰《かえ》ってるんだが…

お前《まえ》はもう寝《ね》ているし、

朝《あさ》は起《お》きて来《こ》ないじゃないか。

若林 諒

静岡県 14歳 中学校3年

「父さんへ」

今《いま》からおじいちゃんの家《いえ》へ行《い》ってきます。
一人《ひとり》で行《い》けるので、心配《しんぱい》しないで下《くだ》さい。

「息子へ」

いってらっしゃい。
でもウチは二世帯住宅《にせたいじゅうたく》だから
手紙《てがみ》はいらないよ。

渡井 肇洋
静岡県 15歳 中学校3年

「親父へ」

最近《さいきん》、自分《じぶん》の枕《まくら》から親父《おやじ》のにおいがしてきたわ。親父《おやじ》も、昔経験《むかしけいけん》したんかなあ、これ。

「息子へ」

そんなもん嗅《か》いどる暇《ひま》があったら、早《は》よ家《いえ》に顔出《かおだ》せ。

小田 剛士
愛知県 22歳 短期大学2年

「父へ」

半年間《はんとしかん》全《まった》く口《くち》を利《き》かんですまん。

「娘へ」

そういう事《こと》はお母《かあ》さん使《つか》わずに
直接《ちょくせつ》言《い》ってくれればいいのに。

平子 彩香
愛知県 20歳 短期大学1年

「父へ」
おやじ、久々《ひさびさ》にキャッチボールしようか？
でももう俺《おれ》の球《たま》は受《う》けれへんかぁ…

「息子へ」
あほ、お前《まえ》からの苦労《くろう》は
山《やま》ほど受《う》けてきたわぁ。

勝田 利男
三重県 25歳 公務員

「父へ」

お母《かあ》さんにプリント見《み》つかった。雷警報《かみなりけいほう》や。

さっきまでハロ～注意報《ちゅういほう》やったのに。


「娘へ」

それで舞子《まいこ》は大雨《おおあめ》・洪水警報《こうずいけいほう》かぁ。

荒《あ》れ模様《もよう》で、気性《きしょう》予報《よほう》もあてにならんわ。

戸上喜之
三重県 45歳 地方公務員

「お父さんへ」

「お父《とう》さん」と呼《よ》ぶのも緊張《きんちょう》する。
このままじゃ結婚《けっこん》の報告《ほうこく》もできないかもね。

「娘へ」

今《いま》は昔《むかし》ほど恐《こわ》くないだろ？
でも、このまま恐《こわ》い父親《ちちおや》でいようかな？

松岡 美紀
三重県 25歳 公務員

「父へ」

おい、ハゲ。

「息子へ」

なんや、ボウズ。

岡村 現
京都府 13歳 中学校2年

「娘へ」

いきなり「いつもありがとう」ってどうしたんや？

「父へ」

今日《きょう》は　エープリルフールやで

近藤　遊可
京都府　13歳　中学校2年

「娘へ」

おまえは、いつも逃《に》げるから

お母《かあ》さんにおこられるのは、俺《おれ》なんや。

「父へ」

お父《とう》さん見《み》てたら、

ようりょうよう良《よ》くなったねん。

高谷 遥

京都府 14歳 中学校2年

「父へ」

おやじ、新米《しんまい》まだか、腹《はら》へった。

「父より」

今刈《いまか》る、すぐ帰《かえ》れ。

塩尻 益生
大阪府 37歳 会社員

「父へ」

父《とう》さん、幼《おさな》い頃《ころ》覚《おぼ》えてる？

「右《みぎ》のおてではイヤだ」って

左手《ひだりて》ばかりつないでた。

「娘へ」

右手《みぎて》はいつもお姉ちゃん。

父《とう》さんの仕事《しごと》で荒《あ》れたこの右手《みぎて》、

今《いま》は好《す》きになれますか？

西 香保里
大阪府 15歳 中学校3年

「おとうちゃんへ」

寒《さむ》なったね。

「幸へ」

我家《わがや》は退職以来《たいしょくいらい》ずーっと寒《さむ》い。

孫《まご》が来《き》た時《とき》だけぬくい。

灰谷 幸

大阪府 42歳

「父へ」

父《とう》さん。ごめん…。お嫁《よめ》にゆくよ。

「娘へ」

そうか。お前《まえ》もか…。

鈴木 清恵

兵庫県 35歳 主婦

「お父さんへ」

「お父《とう》さんありがとう」
と思《おも》えるようになりました。
離《はな》れて気《き》づくこともあるんですね。

「志織へ」

そうですか。
私《わたし》も離《はな》すことも悪《わる》くないと
手紙《てがみ》を読《よ》んで思《おも》いました。

高原 志織
兵庫県 19歳 短期大学1年

「娘へ」

やめとけ。あんな男《おとこ》と一緒《いっしょ》になれば、
お前《まえ》の苦労《くろう》は目《め》に見《み》えている。

「父へ」

母《かあ》さんみたいに？
でも、いい。

西川 ツヨ子
兵庫県 52歳

「パパちゃんへ」
外《そと》でははずかしくって
なかなかうちみたいに
パパって言《い》えへんけどええ？

「美咲ちゃんへ」
ええよええよ。
父《ちち》も親父《おやじ》もとぉちゃんも
全部《ぜんぶ》美咲《みさき》のパパやで。

濱中 美咲
兵庫県 17歳 高校3年

「お父さんへ」

この教会《きょうかい》、素敵《すてき》じゃない？

「娘へ」

どこでもええけど、
わしは一緒《いっしょ》に歩《ある》かんぞ！

渡辺 智子
岡山県

「父へ」

父《ちち》に言《い》いたいのは、ただ一《ひと》つ。
小遣《こづか》いを増《ふ》やしてほしいです。お願《ねが》いします。

「息子へ」

息子《むすこ》に言《い》いたい事《こと》がある。
父《ちち》の小遣《こづか》いはお前《まえ》と変《か》わりません。
我慢《がまん》しなさい。

谷本　登志宏
広島県　16歳　高校2年

「お父さんへ」

結婚《けっこん》せんで、ずっとウチにおるけぇ。

「子へ」

おーそうか。そうしぃそうしぃ。

…いやっ、寿司屋《すしや》とならいいぞ！

植村 安紀
山口県 16歳 高校2年

「父さんへ」

美波《みなみ》と母《かあ》さんが喧嘩《けんか》する一番《いちばん》の原因《げんいん》分《わ》かる？
母《かあ》さんが父《とう》さんの事《こと》悪《わる》く言《い》う時《とき》なんじゃやけん

「美波へ」

そんな怒《おこ》らんでええが。
母《かあ》さんもいろいろ大変《たいへん》なんじゃろ。
困《こま》っとったら助《たす》けちゃれよ。

延江 美波
山口県 17歳 高校2年

「父へ」

おやじ、元気《げんき》か。
飯《めし》はちゃんと喰《く》えよ。毎日一万歩《まいにちいちまんぽ》あるけよ。
俳句《はいく》、たくさんつくれよ。

「息子へ」

健次《けんじ》、余計《よけい》なお世話《せわ》だ。命令形《めいれいけい》を使《つか》うな。
それより早《はや》く孫《まご》をつくれ。
おれの至上命令《しじょうめいれい》だ。

安楽 健次
福岡県 66歳 会社員

「息子へ」

無事《ぶじ》着《つ》いたか？　元気《げんき》出《で》たか？
米《こめ》上《じょう》出来《でき》。いつでも食《く》える。
母《かあ》さん宛《あ》てに一通《いっつう》くれ。喜《よろこ》ぶ。

「息子から」

満喫《まんきつ》した。腕相撲《うでずもう》、次《つぎ》は勝《か》てる。
お袋《ふくろ》の味《あじ》、涙《なみだ》出《で》た。元気《げんき》の源《みなもと》。
長《なが》い便《たよ》りすぐ書《か》く。

石川 眞智子
福岡県 60歳

「お父さんへ」

まだ中学一年生《ちゅうがくいちねんせい》なのに
早々《はやばや》と身長《しんちょう》追《お》い抜《ぬ》いてしまってごめんなさい。

「息子へ」

ふっふっふっ。息子《むすこ》よ。
力《ちから》でオレに勝《か》てる様《よう》になったら、
その時《とき》は赤飯《せきはん》炊《た》いてやる。

酒匂 信成
福岡県 12歳 中学校1年

「おとうさんへ」

おとうさん、ごめん。
大切《たいせつ》な年金《ねんきん》からの差入《さしい》れ。

「娘へ」

あんたんとこ　通帳変《つうちょうか》わったから
振込《ふりこ》めるかどうか　確《たし》かめてみただけ。

古賀 由美子
佐賀県　51歳　自営業

「父へ」

「生活費《せいかつひ》の不足《ふそく》」で困《こま》っています。

「息子へ」

それは「節約《せつやく》の不足《ふそく》」だろう！

原峻一郎
佐賀県 75歳

「カモヒロコ殿へ」

「オタンジョウビヲシュクシゴタコウヲイノリマス
ケープタウンオキヨリ」チチ

「おとうさんへ」

世界《せかい》どこの海《うみ》にいても
打電《だでん》してくれ届《とど》いた赤《あか》い封筒《ふうとう》。
お父《とう》さんの愛《あい》に感謝《かんしゃ》、感謝《かんしゃ》です。

福島 幸子
佐賀県 54歳 主婦

「父へ」

いつも隣《となり》で食事《しょくじ》をしているのに、
あまり会話《かいわ》がありませんね。
このミゾ埋《う》めてみません？

「息子へ」

だいぶ前《まえ》からスコップを持《も》っていますが、
どうにも重《おも》くてね。
さぁ、手《て》を借《か》してくれ。

赤星 諒一
熊本県 高校1年

「お父さんへ」

お父《とう》さん!! お父《とう》さん! お父《とう》さん…

なんて言《い》えばいいのかよくわからないけど

大好《だいす》きだよ。

「息子へ」

やっぱり親子《おやこ》だなっ!!

お前《まえ》の母《かあ》さんへのプロポーズの言葉《ことば》が

それだったんだ。

井野 雄大

熊本県 18歳 高校3年

「親父へ」

気《き》をつけろ、
今夜《こんや》の我《わ》が家《や》は大荒《おおあ》れ模様《もよう》。
母《はは》の角《つの》から雷注意報《かみなりちゅういほう》。

「息子へ」

了解《りょうかい》です。
本日《ほんじつ》はケーキの一《ひと》つでも買《か》って帰《かえ》ります。

川上司
熊本県　16歳　高校1年

「明日香から父さんへ」

ハイ、父《ちち》の日《ひ》！
一生《いっしょう》に一度《いちど》の超《ちょう》ゴーカなプレゼント！
知《し》っとるね？　ブルガリの財布《さいふ》よー。

「父さんから」

そんくらい知《し》っとるぞ！
琴欧州《ことおうしゅう》の国《くに》だろが。ありがと！
家《うち》にはいつでん帰《かえ》って来《き》なっせ。

佐藤二士
熊本県　49歳　自営業

「お父さんへ」

ギターが好《す》きで唄《うた》うのはいいけど恥《は》すかしいたい。
近所《きんじょ》に聞《き》こえてるて。

「娘へ」

よかやんね。
お父《とう》さんは我《わ》が家《や》の吉田拓郎《よしだたくろう》たい。

野口 晴香
熊本県 15歳 高校1年

「お父さんへ」

いつも写真《しゃしん》を撮《と》ってくれてるけど、
実《じつ》は恥《はず》かしいんだよね。

「娘へ」

しょうがないだろ。
君《きみ》がどんどん変《か》わってしまうんだから。

平田 咲
熊本県 16歳 高校1年

「父へ」

たまには息抜《いきぬ》きが必要《ひつよう》だよ。
例《たと》えば、お母《かあ》さんと二人《ふたり》っきりでデートとかさ。

「娘へ」

実《じつ》はね、
子供達《こどもたち》が知《し》らないだけでデートしてるんだよ。
まだまだお前《まえ》も子供《こども》よのう。

三ノ宮 由貴
大分県 17歳
高等専門学校2年

「息子へ」

トイレの水《みず》、流《なが》してなかったことを叱《しか》ってごめん。

「息子から」

ウン、父《とう》ちゃんを寝《ね》かせておきたかったから。

謝花 長順
沖縄県 65歳 自営業

「父へ」

お父《とう》さん、

いろいろ、教《おし》えてくれて、

ありがとう!!

「息子へ」

おれわ、お前《まえ》に、

何《なに》をおしえたか?

長浜 芳樹

沖縄県 16歳 高校2年

「娘から父へ」

七十二歳《ななじゅうにさい》で初《はじ》めての海外旅行《かいがいりょこう》

出発前《しゅっぱつまえ》に遺書《いしょ》を認《したた》めるのはいいけど

私《わたし》の分《ぶん》まで書《か》かないでよ

「父から娘へ」

同《おな》じ飛行機《ひこうき》だし

死《し》ぬ時《とき》は一緒《いっしょ》に

と思《おも》ったんだ

前田 真由美
アメリカ 47歳 弁護士

「お父さんへ」

認知症《にんちしょう》のお父《とう》さん。
海越《うみこ》えて会《あ》いに行《い》ってよかった。
私《わたし》の名前呼《なまえよ》んでくれてありがとう。

「知里へ」

なあに九十五才《きゅうじゅうごさい》まで生《い》きた俺《おれ》だ。
オマエの名前忘《なまえわす》れるバカじゃないぞ、
又《また》おいでよ

新井 知里
ブラジル 68歳 元日語教師

あとがき

この年の父への手紙は一万七三八六通。これがはたして多いのか、少ないのか、以前実施した「日本一短い父への手紙」と比較しても、往復書簡という形式なのだから、一概には言えません。

数うんぬんよりも、父のあり方、存在そのものに焦点を当てたほうがよさそうです。最近は父の出番が少なくなってきています。強い父が求められているのか、優しい父が求められているのか、よく分かりません。

寄せられた手紙から、子どもたちが「お父さん」の励ましのエールを送っているのが読み取れます。「お父さん」の存在はいまのような時代だからこそ必要なのでしょう。

今回入賞した作品は、そんな中でもウィットに富んだものや、楽しそうな作品が数多く選ばれました。家族の中でしっかりと根づいている父の姿が目立ちました。本当に大丈夫なんだろうか、楽観はできないが、それは誰もが求めている父親像かもしれません。いろいろな理由で、そうではない父自身も実はそうなりたいと願っていると信じたいのです。

二〇〇六年三月二十日、丸岡町は三国町、春江町、坂井町と合併して新生　坂井市となりました。市の発展とともに生活や暮らしは少しずつ変わっていくのでしょうが、変わらないものがひとつだけあります。多くの年月と時間を費やして築き上げられてきた歴史と文化です。

これだけは、それぞれの町にいろいろなものが根づいています。「一筆啓上賞」もいまや、そんな一つと言ってもいいでしょう。守らなければならないものは守らなければならない。寄せられた手紙は九十万通から百万通へと、手紙文化が、大輪の花を咲かせようとしています。

選考では小室等さんを中心に中山千夏さん、佐々木幹郎さん、西ゆうじさんが多忙の中、真正面からぶつかって議論を深めていただいた。住友グループ広報委員会の皆さんは、事務局長の井場満さんを中心に住友賞を選んでいただいた。

新一筆啓上賞は、日本郵政公社（現　郵便事業株式会社）の皆さん、住友グループ広報委員会の皆さん、地元　丸岡青年会議所の皆さん、そして多くの応募者の方々、記者の皆さんによって支えられています。

この増補改訂版発刊にあたり、丸岡町出身の山本時男さんがオーナーである株式会社中央経済社の皆様には、大きなご支援をいただきました。ありがとうございました。

最後になりましたが、西予市との友好関係がさらに進化し、発展することに対して、関係者の方々に感謝いたします。

「ありがとう」の五文字を、心を込めて贈ります。

二〇一二年四月吉日

編集局長　大廻　政成

日本一短い 父への手紙、父からの手紙 新一筆啓上賞〈増補改訂版〉

二〇一二年五月一日 初版第一刷発行

編集者 ―― 喜夛正之
発行者 ―― 山本時男
発行所 ―― 株式会社中央経済社
〒一〇一－〇〇五一
東京都千代田区神田神保町一－三一－二
電話〇三－三二九三－三三七一（編集部）
〇三－三二九三－三三八一（営業部）
http://www.chuokeizai.co.jp/
振替口座 00100-8-8432
印刷・製本 ―― 株式会社 大藤社
編集協力 ―― 辻新明美

＊頁の「欠落」や「順序違い」などがありましたらお取り替えいたしますので小社営業部までご送付ください。（送料小社負担）

ISBN978-4-502-45540-7 C0095